GALAPAGOS

Escrito por/Written by:
Gay Ver Steeg

Ilustrado por/Illustrated by:
Gita

GeeGee Publishing, P. O. Box 31, California Hot Springs, CA 93207 USA

© 1996 by/por Gay Ver Steeg and/y Gita Lloyd   ISBN 0-9656104-0-3

WHERE IN THE WORLD IS GALAPAGOS?

Galapagos is a group of islands in the Pacific Ocean that form a province of Ecuador, a country in South America.

¿EN QUE PARTE DEL MUNDO ESTAN LAS ISLAS GALAPAGOS?

Galápagos es un grupo de islas ubicadas en el Océano Pacífico las cuáles forman una provincia del Ecuador, un país que está en América del Sur.

Ecuador

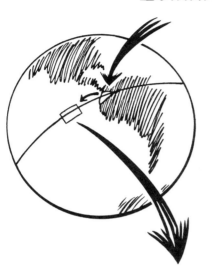

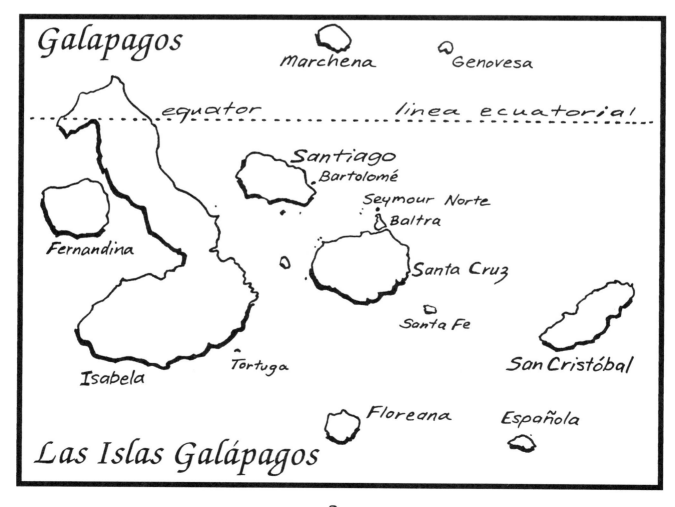

PARQUE NACIONAL GALAPAGOS

La mayoría de las Islas Galápagos son un parque nacional protegido. El parque tiene reglas que están hechas para proteger la vida silvestre. Por favor respeta estas reglas.

No des comida a los animales.
No dañes ni lleves a casa ninguna planta, animal, piedra o concha.
Solamente observa la naturaleza sin interferir en ella.

THE GALAPAGOS NATIONAL PARK

Most of Galapagos is a protected national park. The park has rules that are made to protect the wildlife. Please follow these rules.

Do not feed the animals.
Do not damage or take home any plant, animal, rock or shell.
Do observe nature without interfering.

CARAPACE SHAPES

There are two basic shapes
of Galapagos tortoise
carapaces (shells): domed
and saddleback.

FORMA DE CARAPACHO

Hay dos formas básicas de los
carapachos (conchas) de tortugas
gigantes en las Islas Galápagos:
las de tipo cúpula y las de tipo
montura.

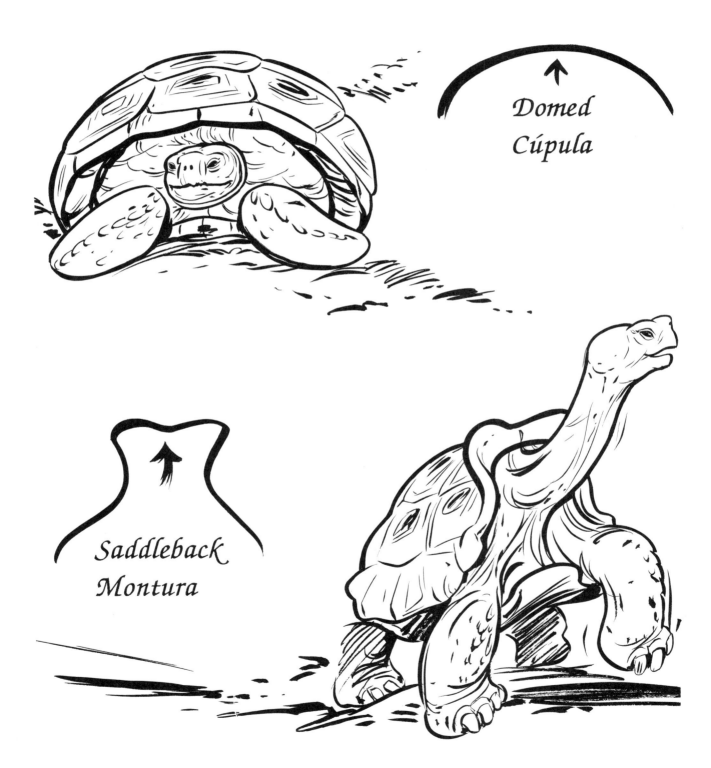

Domed
Cúpula

Saddleback
Montura

¡HUEVOS DE TORTUGAS GIGANTES!

Los huevos de la tortuga gigante son blancos y del tamaño de una pelota de tenis. El cascarón es duro como el de un huevo de gallina.

GIANT TORTOISE EGGS!

Tortoise eggs are white and about the size of a tennis ball. The shell is hard like a chicken egg.

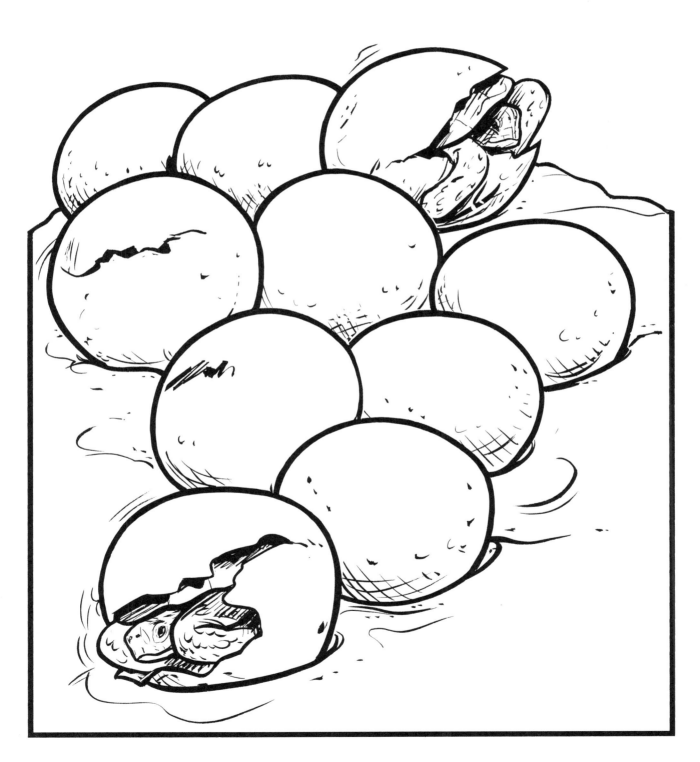

SOPA DE LETRAS

¿Puedes encontrar las palabras? Busca horizontalmente, verticalmente, hacia arriba, hacia abajo y al revés. Una palabra ya está encontrada.

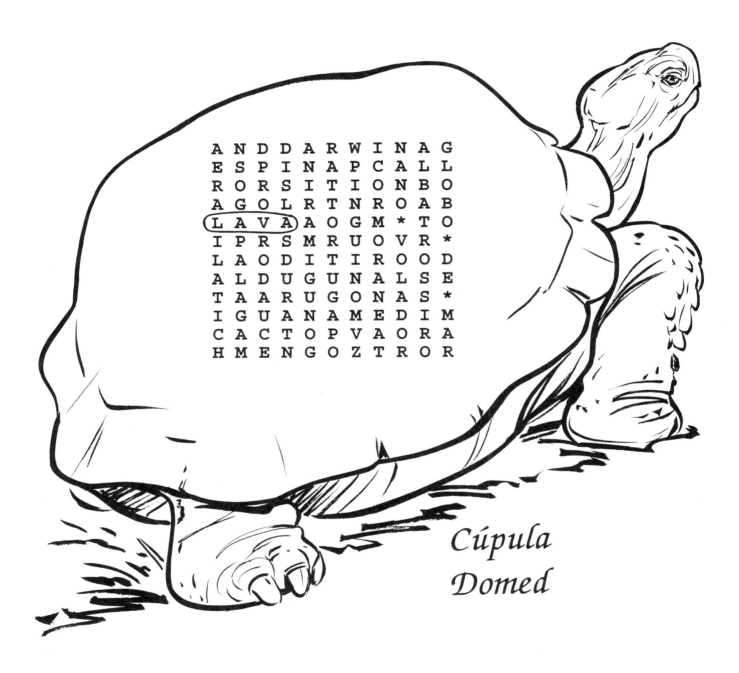

```
A N D D A R W I N A G
E S P I N A P C A L L
R O R S I T I O N B O
A G O L R T N R O A B
L A V A A O G M * T O
I P R S M R U O V R *
L A O D I T I R O O D
A L D U G U N A L S E
T A A R U G O N A S *
I G U A N A M E D I M
C A C T O P V A O R A
H M E N G O Z T R O R
```

*Cúpula
Domed*

lava	iguana	islas	cacto
pingüino	marina	Ecuador	Darwin
lobo de mar	cormorán	Galápagos	tortuga
albatros	no volador		

WORD SCRAMBLE

Can you find the words? Look for them up, down, across or backwards. One word is circled.

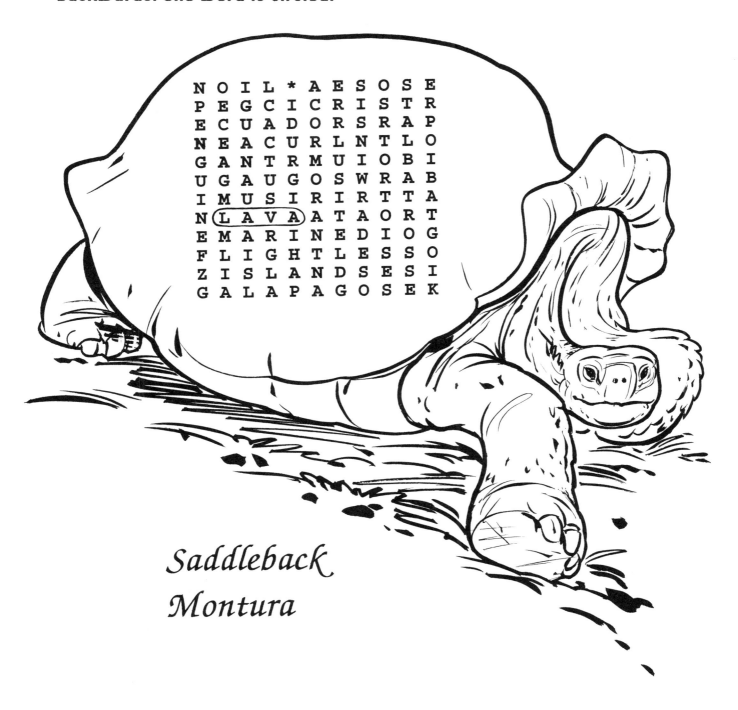

```
N O I L * A E S O S E
P E G C I C R I S T R
E C U A D O R S R A P
N E A C U R L N T L O
G A N T R M U I O B I
U G A U G O S W R A B
I M U S I R I R T T A
N (L A V A) A T A O R T
E M A R I N E D I O G
F L I G H T L E S S O I
Z I S L A N D S E S I
G A L A P A G O S E K
```

Saddleback
Montura

(lava)   marine   islands   cactus
penguin   iguana   Ecuador   Darwin
sea lion   flightless   Galapagos   tortoise
albatross   cormorant

7.

ROMPECABEZAS
¡PAJARO PEQUEÑO!
¡TORTUGA GIGANTE!

Existe una relación especial
entre la tortuga gigante y
los pinzones de Darwin. El
pinzón se come las garrapatas
de la tortuga. La tortuga
no se mueve mientras el
pinzón la limpia de esa plaga.
¡Ellos se ayudan el uno al otro!

Corta sobre las líneas.
Junta el rompecabezas.

PUZZLE
LITTLE BIRD!
BIG TORTOISE!

A special relationship exists
between the giant tortoise
and the Darwin finches of
Galapagos. The finch eats ticks
off the tortoise. The tortoise
stands still while the finch
rids him of the pests. They help
each other!

Cut on the lines. Put the puzzle
together.

8.

TOO MUCH SALT!

Because marine iguanas feed in the sea, they swallow too much salt. They spray the excess salt through their nostrils.

¡DEMASIADA SAL!

A causa de que las iguanas marinas buscan su alimento en el mar, ingieren mucha sal. Arrojan el exceso de sal por la nariz.

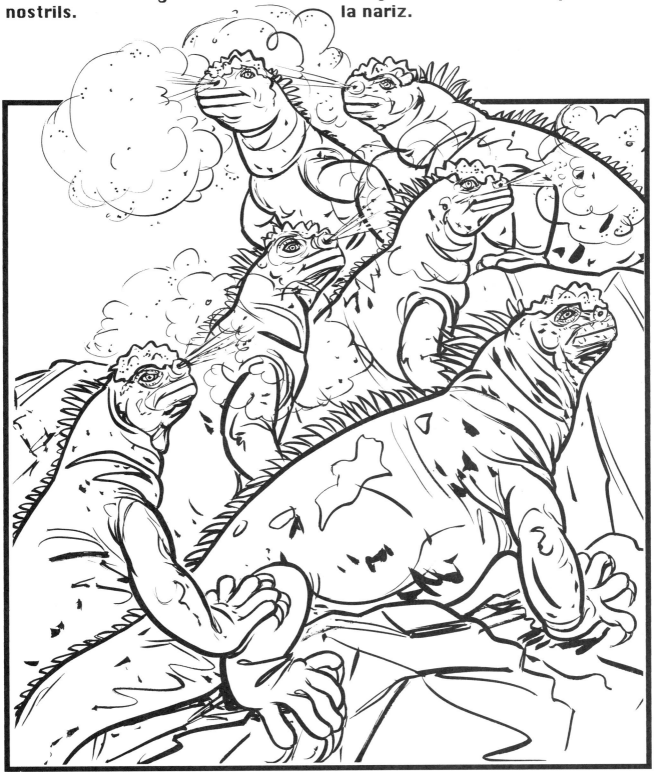

MARINE IGUANA

Marine iguanas have spines
from head to tail. They look
like dragons or dinosaurs.

IGUANA MARINA

Las iguanas marinas tienen
espinas desde la cabeza hasta
la cola. Parecen dragones o
dinosaurios.

THESE LIZARDS SWIM!

Galapagos marine iguanas are the only lizards in the world that swim in the ocean! They eat green algae found on rocks in the sea. Color the ocean floor green. Help the marine iguana find its food in the ocean.

¡ESTAS LAGARTIJAS NADAN!

¡Las iguanas marinas de las Islas Galápagos son las únicas lagartijas del mundo que nadan en el mar! Estas se alimentan de algas verdes que se encuentran en las rocas del mar. Colorea de verde el fondo del océano. Ayuda a la iguana marina a buscar su comida en el océano.

Maze
Laberinto

ALBATROS DE GALÁPAGOS

El albatros de Galápagos es aproximadamente del tamaño de un ganso. Durante el cortejo, los pájaros castañetean rápidamente sus largos picos chocándolos unos contra otros.

TÍTERES

1. Colorea las dos cabezas.
2. Pega la hoja sobre el cartón.
3. Recorta.
4. Pega las cabezas en los palitos. Imagínate que eres dos albatros.

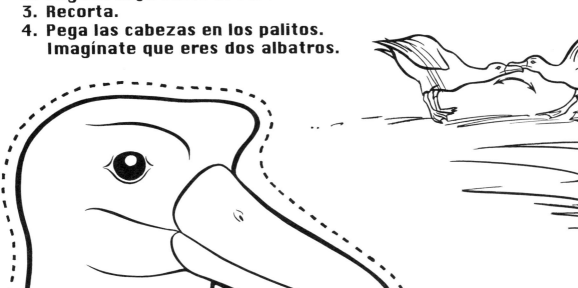

WAVED ALBATROSS

The waved albatross is about the size of a goose. During courtship, the albatrosses click their long bills together rapidly.

STICK PUPPETS

1. Color the two heads.
2. Glue the page to cardboard.
3. Cut out.
4. Glue heads to popsicle sticks. Pretend you are two albatrosses.

SEA LIONS

Sea lions are curious and playful animals. Young sea lions are cared for by their mothers.

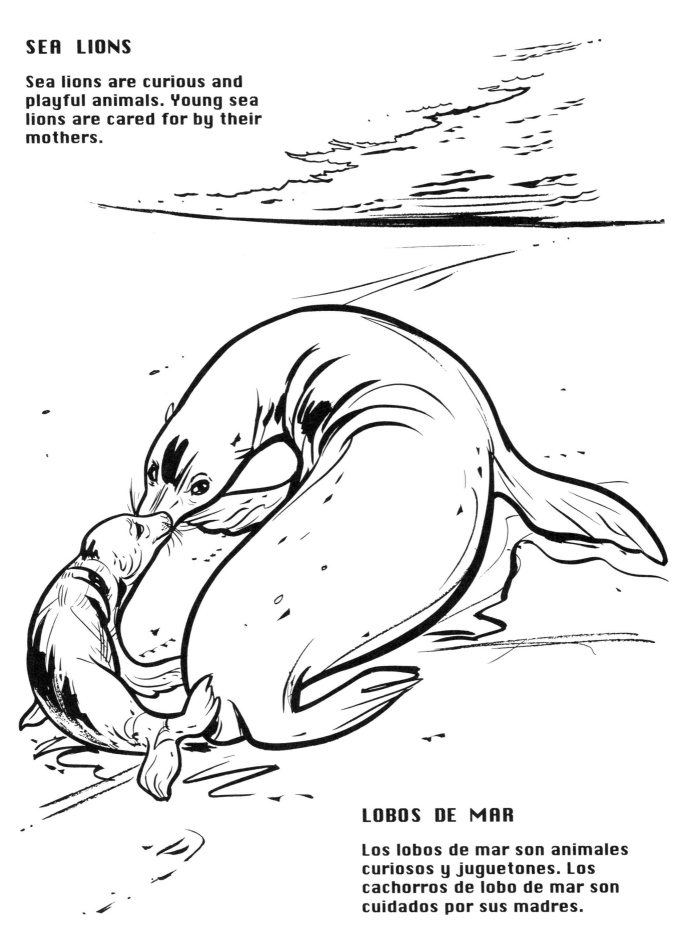

LOBOS DE MAR

Los lobos de mar son animales curiosos y juguetones. Los cachorros de lobo de mar son cuidados por sus madres.

13.

DIORAMA OF THE GALAPAGOS ISLANDS

You need:
1. crayons   2. scissors
3. glue   4. shoe box

Remember to color before you cut!

DIORAMA DE LAS ISLAS GALAPAGOS

Necesitas:
1. crayones   2. tijeras
3. pegamento   4. caja de zapatos

¡Recuerda que tienes que colorear antes de cortar!

> *GALAPAGOS: Home of the giant tortoise, flightless cormorant, marine iguana, sally lightfoot crab and giant cactus.*
>
> -
>
> *GALAPAGOS: Hogar de la tortuga gigante, cormorán no volador, iguana marina, zayapa y cacto gigante.*

CORMORAN NO VOLADOR

¡Este pájaro nunca se ve en el cielo! No puede volar porque sus alas son pequeñas y débiles. En vez de volar, salta de roca en roca y nada en el mar usando sus fuertes patas.

FLIGHTLESS CORMORANT

You will never see this bird in the sky! It cannot fly because its wings are small and weak. Instead of flying, it hops around on rocks and swims in the sea using its strong legs.

IGUANAS TERRESTRES

Las iguanas terrestres duermen y anidan en madrigueras bajo la tierra. Pueden llegar a medir 4 1/2 pies (1.4 metros) de largo. Parecen feroces pero sólo comen flores y hojas.

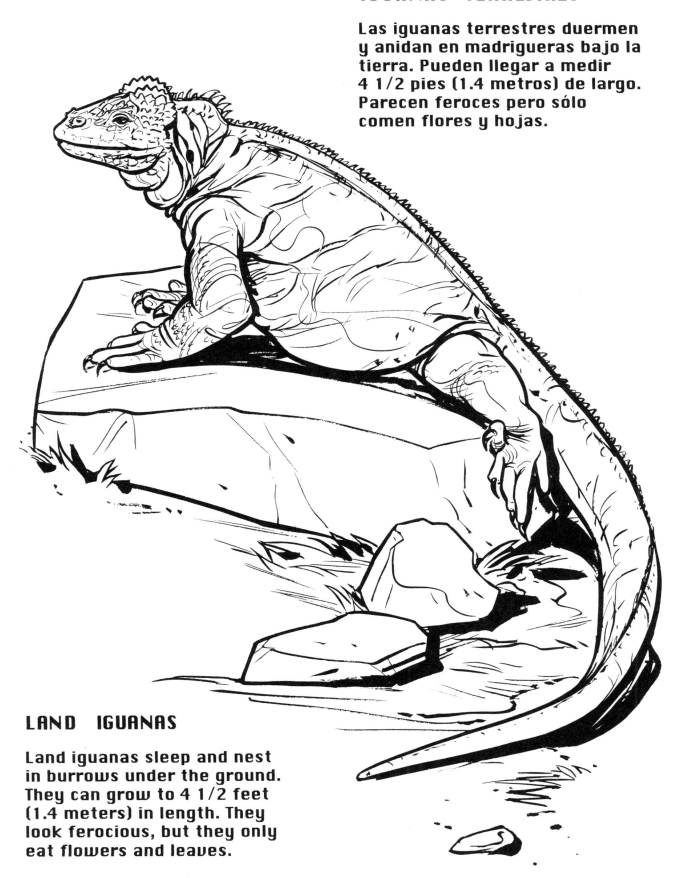

LAND IGUANAS

Land iguanas sleep and nest in burrows under the ground. They can grow to 4 1/2 feet (1.4 meters) in length. They look ferocious, but they only eat flowers and leaves.

17.

LA DANZA DE LOS PIQUEROS PATAS AZULES

Los piqueros patas azules levantan sus patas azules en una lenta danza durante el cortejo.

THE DANCE OF THE BLUE-FOOTED BOOBIES

Blue-footed boobies lift their blue feet in a slow dance during courtship.

18.

LAVA GULL

There are only 400 pairs
of lava gulls in the world
and they all live in Galapagos!
Their cry, like a laugh, is
unforgettable.

GAVIOTA DE LAVA

En el mundo hay, escasamente,
400 parejas de gaviotas de lava
y todas viven en las Islas
Galápagos. Su graznido,
parecido a una carcajada,
es inolvidable.

19.

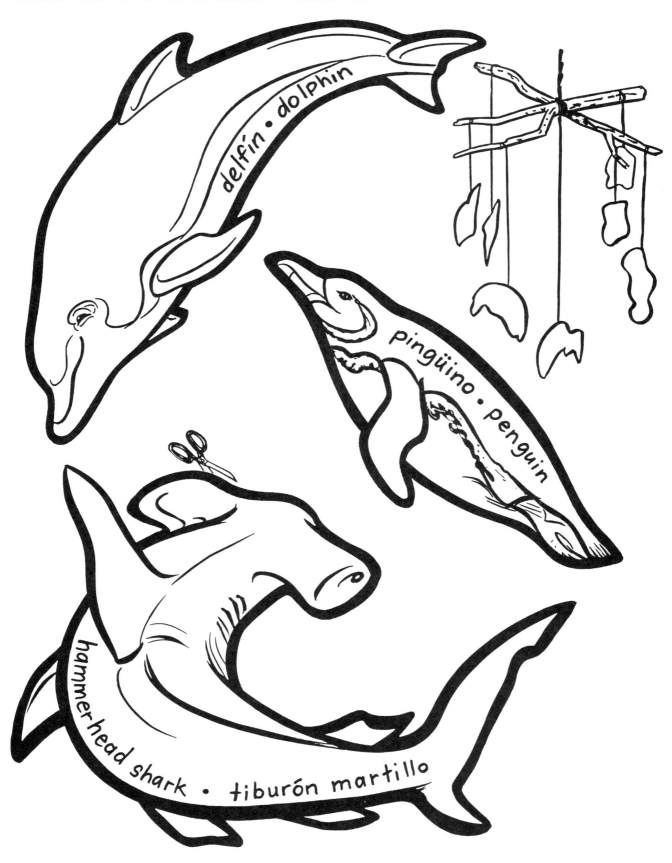

delfín • dolphin

pingüino • penguin

hammerhead shark • tiburón martillo

¿QUIEN ESTA ESCONDIDO AQUI?

¡Tiene la espalda roja y el pecho azul brillante! Colorea por número:

1. rojo
2. azul
3. amarillo
4. morado
5. café

WHO'S HIDING HERE?

It has a red back and a bright blue chest. Color by number:

1. red
2. blue
3. yellow
4. purple
5. brown

zapatos

Sally Lightfoot Crab

22.

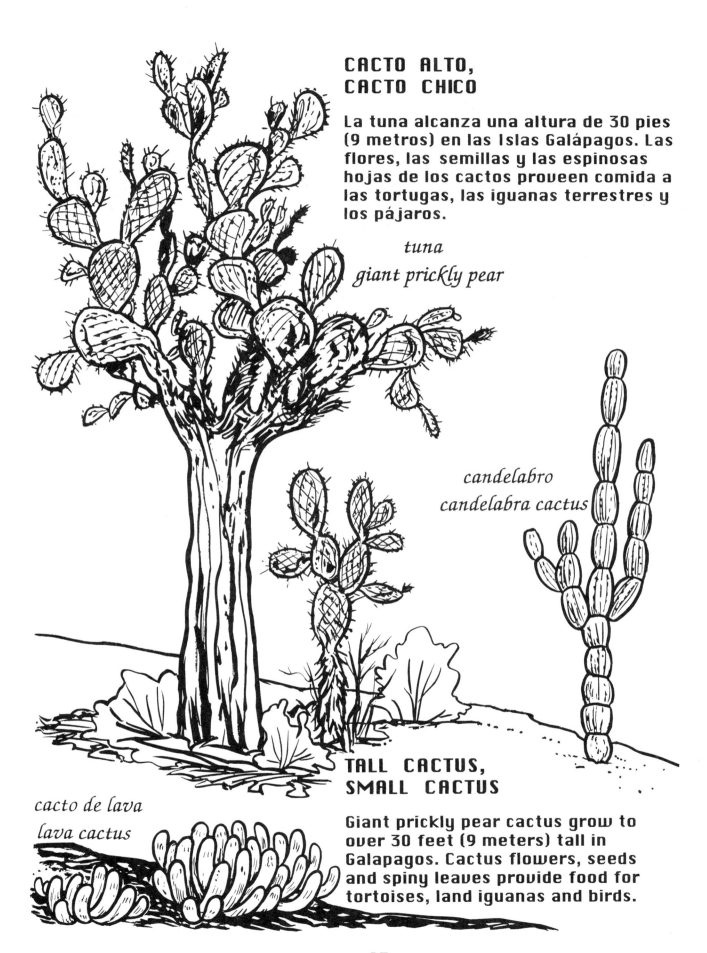

CACTO ALTO, CACTO CHICO

La tuna alcanza una altura de 30 pies (9 metros) en las Islas Galápagos. Las flores, las semillas y las espinosas hojas de los cactos proveen comida a las tortugas, las iguanas terrestres y los pájaros.

tuna
giant prickly pear

candelabro
candelabra cactus

cacto de lava
lava cactus

TALL CACTUS, SMALL CACTUS

Giant prickly pear cactus grow to over 30 feet (9 meters) tall in Galapagos. Cactus flowers, seeds and spiny leaves provide food for tortoises, land iguanas and birds.

LET'S DRAW!

Penguins are fun to watch.

¡VAMOS A DIBUJAR!

Es divertido observar a los pingüinos.

Draw your penguin here.

Dibuja tu pingüino aquí.

¿PINGÜINOS CON CALOR?

¡Los pingüinos de Galápagos viven donde nunca nieva!

HOT PENGUINS?

Galapagos penguins live where it never snows!

25.

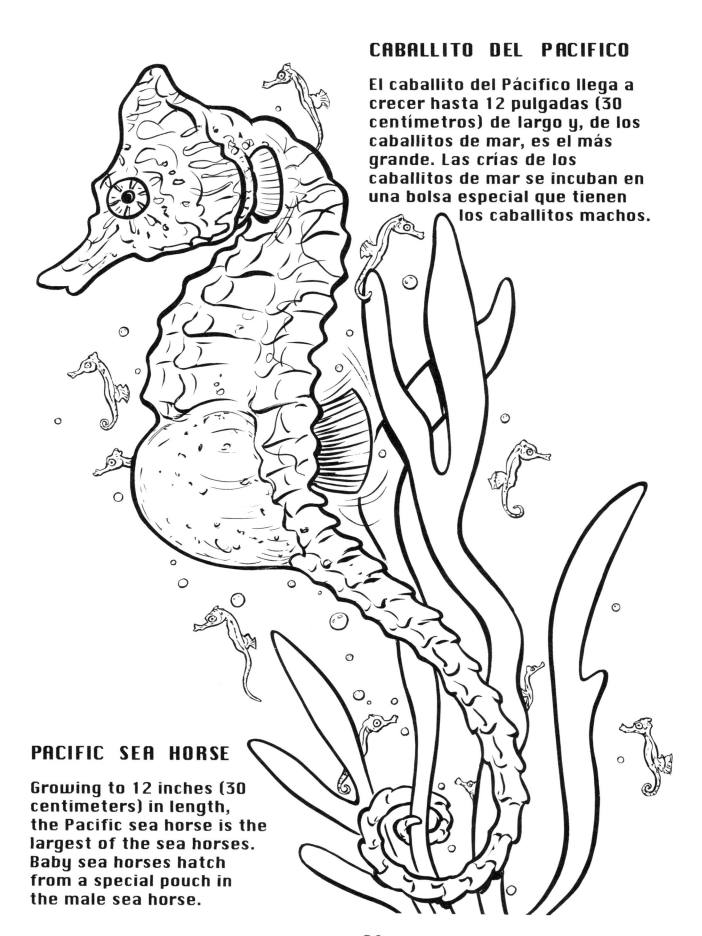

CABALLITO DEL PACIFICO

El caballito del Pácifico llega a crecer hasta 12 pulgadas (30 centímetros) de largo y, de los caballitos de mar, es el más grande. Las crías de los caballitos de mar se incuban en una bolsa especial que tienen los caballitos machos.

PACIFIC SEA HORSE

Growing to 12 inches (30 centimeters) in length, the Pacific sea horse is the largest of the sea horses. Baby sea horses hatch from a special pouch in the male sea horse.

FIND THE SEVEN HIDDEN ANIMALS

These animals were brought to Galapagos by man. If these animals become wild, they can cause serious harm to the native plants and animals of Galapagos.

ENCUENTRA LOS SIETE ANIMALES ESCONDIDOS

Estos animales fueron traídos a Galápagos por el hombre. Estos animales, en estado cimarrón, causan grave daño a las plantas y a los animales nativos.

cow, cat, burro, goat, pig, dog and rat

vaca, gato, burro, chivo, chancho, perro y rata

FANTASTIC ANIMALS!

Color, cut, mix and create fantastic animals!

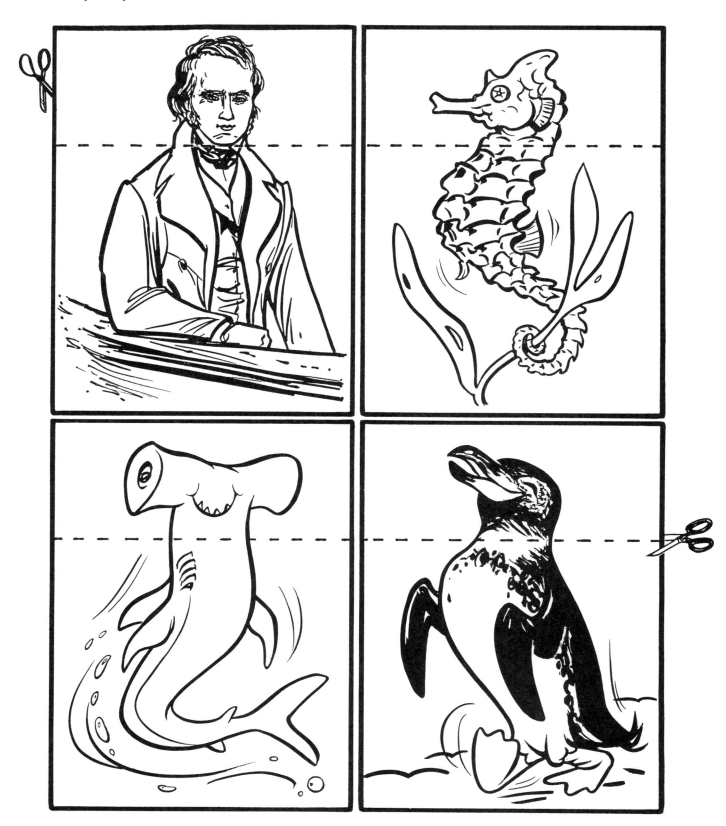

¡ANIMALES FANTÁSTICOS!

¡Colorea, corta, revuelve y crea animales fantásticos!

29.

BE A SCIENTIST!

Scientists should be careful observers. Over 150 years ago Charles Darwin, an Englishman, recorded and wrote about his observations of the many fascinating animals and plants in the Galapagos Islands.

¡SE UN CIENTIFICO!

Los científicos deben observar cuidadosamente. Hace más de 150 años Charles Darwin, un inglés, escribió acerca de sus observaciones sobre los fascinantes animales y plantas de las Islas Galápagos.

Charles Darwin
scientist/científico

HMS. Beagle

OBSERVATIONS

Draw or write about what you observe in this book or on your journey around Galapagos.

OBSERVACIONES

Dibuja o escribe acerca de lo que vayas observando en este libro o lo que viste durante tu viaje por las Islas Galápagos.

name • nombre

○ date • fecha

place • lugar

observations • observaciones

○

date • fecha

place • lugar

observations • observaciones

○

ANIMALES DE GALAPAGOS
GALAPAGOS ANIMALS

tortuga gigante
giant tortoise

☐

pinzón de Galápagos
Darwin finch

☐

iguana marina
marine iguana

☐

iguana terrestre
land iguana

☐

piquero patas azules
blue-footed booby

☐

albatros
albatross

☐

cormorán no volador
flightless cormorant

☐

delfín
dolphin

☐

raya
ray

☐

zayapa
Sally Lightfoot crab

☐

pingüino
penguin

☐

lobo de mar
sea lion

☐

otro
other

☐

otro
other

☐